사랑 하나 머금고 산다

사랑 하나 머금고 산다

김광순 제5시집

그린아이

끊임없이 가슴 두드리며 나만을 찾는 인생이
작은 선물 하나에도 달콤한 한마디 말에도
환한 입가가 벌어진 그런 하루

후드득 쏟아진 빗줄기에도 감정이 되살아나고,
외진 곳 초라이 피어 있는 망초꽃에도 깨달음을 얻는,
산책길에서 마신 한 잔의 시원한 샘물 같은
그런 삶의 희망과 영혼을 다독여줄 시집으로
거듭나기를 소망합니다.

그동안 정제되지 않은 시간 속에서 낯선 세계를 벗어나
잠깐 삶의 여유를 통해 과거의 기억들을 토해내며
녹색의 꿈을 꾸는 나를 향한 시선 사이로
봄이 오면 겨울이 가듯 계절이 우리에게 주는 기쁨으로
소중한 인연의 추억이 힐링 되고
위로가 되게 하고 싶습니다.

곱게 물든 풀잎 사이로 잔잔한 미소 머금고,
시간을 초월한 붉은 저녁노을 같은 희망을
성찰하는 기분으로 치유하는 손을 맞이하고 싶습니다.

나만의 궤도에서 착각의 도를 넘어 시간을 잘 조절해
금은보화 가득한 보배로운 상자 속 삶을 영위하려고
노력해 보겠습니다.

긴 터널을 지나 새로운 삶에 도전하는 소망을 염원하며
중요한 사건의 연속이어도 마음의 봄날을
마음껏 만드는 모든 이에게 기쁨 되기를 바랄 뿐입니다.

처음부터 다시 시작하는 감정, 서투른 태도에
애매한 웃음을 지어보며 시끄럽게 떠드는 수다에도
동요되지 않는 가슴을 살짝 열어봅니다.

가슴 한켠 제5시집에 대한 기대가
잔뜩 마음을 부풀게 만들고 게으름 피우지 않고
벅찬 순간이 한 곳에 머무르지 않기를….

하루하루 성실히 살아가며 그동안의 패턴을 바꿔
나를 그리는 작업에 진솔한 개성을 담아
새롭게 도전하는 차원 높은 예술인이고 싶습니다.

동창이 밝아온다

김원철 목사
오산리최자실기념금식기도원 원장

하루가 쉬이 지나고
광명이 흐른다

그동안 쌓아올린 행적
쏟아진 찬사 받으며
힘차고 거룩한 길

그대 가는 곳곳마다
오색찬란히 빛나는
금빛 영광 받아
제5시집 탄생 마냥 찬송하여라

지치지 않은 열정
승리로 이끌어
높게 날 수 있는

한 떨기 곱게 피어난
꽃길만 걸을 수 있도록
한없는 은혜의 강

갈고 닦은 실력
백만 배 더욱더 발휘해
온전히 숨 쉬는
그런
모나지 않는

저 하늘 밝은 빛
고운 시와 흥겨운 노래로
이웃과 나눔을 위해 실천한

정직한 창작인
만인에게 감동을 주는
으뜸인 큰 별로 남으라.

차 례

제1부 그 삶의 블루

제2부 행복의 불꽃

차 례

제3부 저 물결의 빛

제4부 저 너머에는

차 례

제5부 하늘의 리듬

-제1부-

그 삶의 블루

고운 사람

반가움에 악수를 살갑게 나누던
사람들이
얼굴의 반을 가리운 채
한 곳을 향했습니다

반 토막 얼굴이라도
건강하게 만날 수 있음이 감사하고
건강하게 웃을 수 있음이 행복하고
환한 벚꽃 내음으로 다가오는
동행이 고운 사람

잔뜩 물오른 봄소식에
시선을 빼앗겨
흙을 만지는 사람이 되었다가

서로를 보듬어 살다가도
바라보는 영역을 달리하며

자연이 사람을 거절할 때
섬과 섬이 어깨를 나란히 할 때

새벽녘 고운 꿈 데려다가
사랑한 마음 꼭 전하고 싶습니다.

책임져야 하는 하루

더위가 제멋대로 숲속에 앉았다

기운 해를 기다리며
걸음을 세운 바람 앞에
샘물들이 기력을 잃고

희미한 양심 하나
아픈 소식 불러와
추억을 소환한다

때에 따라 적절한 욕망
망설이지 않는 능력

내 마음 보석 되어
실바람에도 흔들리는 초록 물결

설렘과 목마름 퍼즐 되어
목조차 쉬어버린 저녁.

소망

가슴속 깊이
묻어둔 불씨 하나 있어
인생길 가다 사알짝 꺼내어
붉은 불꽃 하나 피웁니다

잃어버린 세월을 찾아
되돌이표 찍기엔 너무 늦어
망설임만 되풀이했던 지난날
타오르는 불길 어쩔 수 없어

가슴 한켠
가만히 묻었던 꿈
황혼길에 가만히 꺼내어 봅니다

그 꿈의 씨앗
신록의 계절 5월이 오면
삶의 대지 위에 정성스레 심어놓고
꺼지지 않는 불길 당기렵니다.

분홍빛 꿈

고요한 열기의 나라
몇 겹의 긴 머리 길게 풀어 올린
쾅시 유혹도 잠시

관광객 일일이 도장 찍고
한 맺힌 고난과 고통도
안으로만 되삭인 라오스 거리

곳곳마다 되살아난 굴곡진 역사 뒤로
43 동창들의 숭고한 숨결이 활기차다

온전한 삶을 이루고자 한
사명은 아니었을까

달의 기운답게 30년 늦게 따라온
우리네 일상 많이도 닮은

이곳, 라오스

사방 둘러 아름다운 병풍 되어

폼 내는 자연의 혼 따라
버팀목 되어 우뚝 선 우정아.

숨겨놓은 본심

초심 잃은 노년
고귀한 생명줄 하나
가느다랗게 내려놓고
하늘 보란다

길고긴 여정
곳곳마다 배회하며
손도장 꾹
한 송이 국화로 피워 올려놓고

싸늘한 바람 일으켜 세워
꼿꼿한 심장 멈추고
가슴속에서 본심 드러내

지나온 시간
한순간의 꿈으로 남는 것을
그는 알았을까

흔적도 없이 사라진 육체의 혼
주위를 하루 종일 맴돌다

방초석으로 남아
미래의 삶을 깨우치게 해.

자화상

큰 꿈 향한 마음 필요해
일분일초라도 헛되지 않을까
노심초사 숨가쁘게 달리는

사방에 귀중한 팔 다리 내어놓고
기도 동산 이루며
어렵고 외로움 인내로 꾹

일어서는 꿈나무 건강히 잘 자라
부모 걱정 덜어주는 이쁜 손자 손녀 재롱 보며
4월에 새롭게 만날 탄생이 즐거워

속마음 가슴에 잠재운
유유히 시간 속을 공존하며
초롱초롱 눈망울 비추려 애쓴다.

겨울

찬서리 작은 눈물이 모여
수천 년 칼바람 세우고

아직도 식지 않는 동장군
세월의 한계선 넘나들지 못한
처마 밑 얼음꽃 둥둥 띄우고

기웃거린 해님도 못내 사그라드는
너는
뼈의 반 마디를 줄이고 있다.

그대 안 꽃씨를

잦은 혼란 속에
아무리 안정하려 해도
그저
당신만 그립습니다

달달한 꽃잎차
사이에 가득해도
마냥 당신이 보고 싶습니다

갈급한 가슴
영양 공급 한없이 넘쳐나도

그대 품속에
꽃씨 하나 피울 자리
못내 그곳에
저장해 두고 옵니다.

어느 이른 봄날

걸음을 세운 바람이
돌계단을 오르는 자리
노란 꽃 터져 올라 정을 만들었다

세월은 절망 함께
한 겹 두 겹 주름을 만들지만
하루를 책임져야 한

굳은 심장도 설렘의 특권이랄까
진심이 홀로 남아
아픈 기억 소환해 마법을 일으키듯
꽃송이 제멋대로 숲속에 앉았다

기력 잃은 샘물들 이른비 만나
밤새 피웠다 지는 들꽃 사이
울다 지친 어둠이 중천에 뜬 햇살 사이로
단물 되어 넘실거린다.

수탉의 기쁨

꼭꼭꼭
화성에 가면
반기는 그가 있다

기력 잃을까
부화부터 유정란에 이르도록
깊게 품속에 넣은 너

가끔은 서로 싸움의 능선까지
영역이 주어지면

달이 찬 경쟁자의 입에 머리 쪼이는 신세지만
성난 파도 물결 된 그가 있다

꼭꼭꼭
찾아온 먼 손님 기쁘게
마중하며 인사하는
그가 기다리고 있다.

구름 하나

길게 누운 산자락이

하이얀 무지개로

인생의 반을 먹고

세월을 넘나든다

한세월 뒤안길을

끊임없이 오르내린다

신기루 사연 담아

옛사랑 그리운 채.

사랑 하나 머금고 산다

피할 수 없는 운명
새로운 무지개처럼
내 곁에 안긴다

날개 단 내 눈빛
멀리서도 살아 숨쉬고

구멍난 시선들 사이로
자꾸만 들어온 가슴이

나의 선물이다.

홍옥

바람이 손 내밀어
사랑을 듬뿍 주었나 봐요
찬비에 새 잎 돋고
핑크빛 사랑이 흘린 웃음 받아
얼굴까지 빨갛게 물들었어요

해님 살짝 다가와
은혜의 씨 내리니
더욱 빨갛게 빛이 나요

따뜻한 손 내밀어
그대 입술 가득 사과 한입 드립니다

먼 산 너머까지 붉게 피어나는
불빛을 한참 동안 바라보았습니다.

우리 가족

닭 울음소리 첫 번째 듣는다는
숨 한 번 크게 쉬고 나면 끄덕없는 엄마

굳은 의지와 생활력으로 산다
잔잔한 미소까지도 아낀 아빠

바람 불면 훅 날아갈까
온유하고 성실한 아들

왕년 기억만 먹고 사는 93세 노인

자나깨나 친정 걱정 앞선다는 초보 주부들

함께 모이면 오손도손
남부럽지 않은 건강한 우리 가족.

한가위

추억이 식탁 위에 올라앉았다.

오손도손 얘깃소리 울려퍼지고

곳곳마다

서로를 향한 남겨진 그리움

음식으로 눈길이 되살아나고

보고픔도 함께 자란다

집 안 가득 달님 걸어두고

통통 살이 찐 마음으로

밤새,

즐거움 한껏 고조시킨다.

그대를 만났다

단 한 번도
너를 가슴속에 담아본 적 없다

스스로 달려와 굳게 자리 잡은 너

긴 울림으로 가을 문턱을 맴돌며

몸짓 하나로
지금이라도
그대와 살포시 속삭이고 싶다.

한 계절이 가고

여름의 만감 속에 여전한
세월은 한없이 흐르고
고개 숙인 숙명
오늘도 슬그머니 나를 찾는다

코로나19의
긴 아픔도 고스란히 남아 있고
가슴을 기쁨으로 채워도
꽉 차지 않는

인생의 황혼
긴 장마와 힘껏 싸우는 심정 앞에
또 한 해가 기울고 있다.

핑크빛 세월

달달함만 곁에 있었을까
온몸 흔들어놓은 자연의 바람처럼

긴 터널을 지나
긴 고갯길을 돌아온
핑크빛 사연을 떠올려본다

상큼한 풋내음 여민
불타던 가슴 되새김하며

그리 시들지 않은 심정 사알짝 꺼내어
대지 위에 올려놨다

그리움일까
낯설지 않은 그림자
내 곁을 종일 서성인다

인생의 반평생 숱한 희로애락 견디고
그 반년을 향한 모습
한없이 숙연해진다.

너와 나

희망이 탄생되고
화합과 분쟁이 교차할 때
땅과 하늘도 울었다

세대가 달라도
같은 길을 걷고자
꿈과 희망을 따라 땀 흘리고
수십 번을 양보할 때마다
불필요한 시선이 내게 임한다

활활 탄 세상은 아니어도
끊어지지 않는
미래를 향한 동반의 삶
새로운 하루를 만드느라 분주하다.

가을 단상

거리마다 꿈틀거린 낙엽
허공 속
풀꽃 담은 파란 입술
심장 터지도록 온 맘 다한
늦은 심연
바람 따라 고요히
낭만을 불태우고
숨겨진 진심을
짙은 가을에게 묻는다.

-제2부-
행복의 불꽃

하늘의 울음
―민회빈

선혈 속 피어난 인조반정
숙명처럼 받아들여야 했던
조선의 굴곡진 삶을 회상하며
암울했던 그 시절
까만 머릿속을 마구 뒤흔든다

두 눈 감은 인조의 패륜적 행동
그 현실을 읽노라면
가슴 한켠 답답해온다

1637년 청 태종에 삼배구고두례의
굴욕적인 항복
시아버지의 며느리로
인질생활 8년
포로해방 조선인을 위해
일한 대가가 사약이라니

하늘은 막혀 있고
조선인의 보릿고개 열두 고개
새까만 눈동자만 온통 하늘 바라보고

온갖 풍상을 이겨내며

슬픈 역사 뒤에 묻힌
당신의 덕목 거울 삼아
길길이 교훈으로 남길 것을.

하늘이 크게 오열했다
—소현세자

가슴에 먹장을 가득 달고
한 시대의 불운아
문득 소현세자의 성정이 궁금해온다

조선에 피어난 먹구름
상처 받은 그의 가슴
정열의 불꽃 불사르다

큰 대군의 꿈 펴지도 못한 채
조국의 품안에서 비명했노라

천운도 큰 나무에 묻혀
온 세상을 뒤흔들며
슬픈 별빛과 바람을 통해
교훈을 선물한다.

광명의 역사

구름산자락 중턱 고이 잠든
선혈 속 낯선 그림자
삶의 짐 내려놓은 세자빈

설욕도 잠시 잠깐
세찬 바람 앞 촛불인 것을

아직 생명 있는 듯한
영회원 바라보며
세상이 주는 교훈
빗줄기 만나
내게 와

늙은 고목에서 흐르는
흑역사의 진실 앞에
소리 없는 속삭임 되어
서글픔으로 다가온다.

별빛 사랑탑
—고 황금찬 시인을 생각하며

참으로 오랜 세월
백수의 뒤안길을
삶의 무거운 수레를 끌고
넘치는 사랑의 가슴으로
우리 곁에 계셨습니다

가슴 활활 태우는
문학의 유산으로 남아
긴 세월 동안
크리스천인 사명의 끈 가득

한크협 문집을 갖고자 소망했던 별 하나
이제
그 꿈 이루려 합니다

언제나 우리 곁에
가장 빛나는 별꽃으로 오셔서
봄 내음 가득한 그리운 그 모습
후세에 길이 남길 수 있도록

희망의 통로 밝혀 주는 천군 천사
우리 모두에게 보내리라 믿습니다.

삼백 개월의 노고

인고의 세월
두세 번 강산이 변했을까
25년의 역사가 방초석 되어
광명의 등불로 우뚝 서

혼신의 힘 다했을 영광의 금메달
성실함으로 늘 그 자리 고집한 당신

새록새록 묻어난 기억들
가슴 태우며 숨통 조이던 날
가파른 삶의 언덕을 젊음 하나로 견뎌낸

찬미하여라
그동안의 노고 존경하노라.

앵두 한 그루의 단상

마당 한 모퉁이
곱게 자리한
향긋한 앵두나무

18년 동안 봄이면
뽀얀 살 드러낸

그 나무에 올라
어릴 적
빨갛게 익은 앵두
한입 쏘옥 머물던
핑크빛 사랑 나누던
그 시절

육십 고개 지난 지금도
마냥 그립다.

강릉 허난설헌을 다녀와서

주위 곳곳이
한서린 과거가 거울 되어
주문처럼 머리를 조아리게 해

턱 한 자 쑥 내밀며
찬찬히 들여다보며
그 역사의 뒤안길을 재조명한다

삶의 단면이 그림자로
마음을 뒤흔들고
그 시절 한을 토해본다.

국립현충원

국   국화 만개한 어느 묘비 옆에 앉아
         그 사람 행적을 생각하니

립(입)   입술의 가느다란 고백이 화살로 박혀

현   현란한 몸부림 현실로 다가와

충   충성된 마음 나라와 민족에 바쳤노라

원   원은 없지만 품은 꿈 이루지 못해
         아쉽기만 해

화려한 외출

황홀도 하다
북적이는 서울을 떠나
한적한 파주의 지혜의 숲
거리의 시간이 내 눈에 확 들어선다

화려한 불빛은 없어도
오래 머문 역사가 있고
움직이는 세계가 머리 위를 서성인다

언어들이 자라난 이곳
계절이 움직이고 기억들이 되살아나
가슴을 난도질당한다

곳곳마다 일어서는 수많은 책들이
하루만의 마음도 내놓으란다.

삶이 고달플 때

험난한 하루가 주어져도
늘어진 수양버들 쳐다보면

그림자로 남은 숨죽인 계절
보라꽃 한창 수놓으면

빈 가슴 부여잡은 꽃망울
푸른 잎 기대어 안양천에 머물다.

첫눈 만나는 날

주말 오후
시린 몸 한쪽이
나를 부른다
운전대 위 두 손 올려
자동차 시동 일으켰다

아파트를 돌아
길가 나오는 순간
한 방울 두 방울
하얀 꽃송이가
차 범퍼 따라 움직인다

순간
'와' 하는 소리와
펑펑 쏟아진 안개꽃 사이로
속도를 좁힌 차들이 모여들었다

많은 꽃들이 내려앉은 사이
길과 산 그리고 아파트 골목 곳곳엔
온통 추억 담은 문을 활짝 열고

하얀 옷을 두르고 있다

귀한 풍경에 가슴은
황홀한 일들만
한참 동안 가득 떠올라.

파란 하늘에 달린 상추

동일한 생명 그 속에는
저마다 생각들이 갇혀
남몰래 키운 곱디고운 속정

위로의 손길 모으고
한 잎 곱게 접어
입속에 넣고 오물거리면

각자 제 맛을 음미하며
알아달라

잠시 키우며 고생했을 소녀 같은 모습
바람 타고 너울거린 노부부
그림자만 스쳐간다.

-제3부-

저 물결의 빛

사월의 노래

터질 듯 함박웃음소리
꽃망울 피어나고

따뜻한 손길 모은 자리
파란 잎 새록새록
즐거운 마음 머문 곳

해맑은 미소
곱게 자라나
달달한 꽃잎차 한 잔 고운 손에

행복한 미소 나누며
심령마다 환한 꽃망울 가득 채운다.

변신

신경 쓰지 못했던
과거들이 속속 뛰쳐나오고

그 안에 속한
중죄하지 않은

각도를 조정하면
산뜻한 생명이 불타오르고

예견하지 못한 미래
부풀린 꿈으로 거듭나

주위를 한참 맴돌며
미소 환하게 머금은
가시지 않는 봄이고 싶다.

낙엽

바람을 피하고 싶은지
땅바닥에 바짝 엎드려
뜨거운 태양의 사랑 받는다

푸른 하늘 벗 삼아
나무숲에 숨죽여 조심스럽게 속삭이며
위로를 나눈다

고마운 그늘이 잎사귀마다 싱싱함을 더하고
가을의 넉넉함도 붉은 잎새에 담았다

고즈넉한 초가집 위에 추억 하나
변해버린 손에 잡혀
수많은 사연 되어 화려한 엽서로 남는다

살짝 내려놓은 가슴이
고스란히 남아
빈 뜨락에 거름 되어 나뒹군다.

사노라면

인생길이 더디고 험난해도
허공에 토해낸 늘어진 수양버들
만나면 마냥 기뻐라

그림자 남몰래 바라보며
꿈틀거린 계절
움트인 꽃망울 너울너울 춤출 때

채워진 가지마다 부여잡고
여기 호올로
푸른 잎 가득한 안양천 앉아 있노라면
바람소리 연주에 취해

초점 잃은
징검다리 저 너머 길섶엔
이름 모를 노란 꽃 고개 내밀어 유혹한다.

벗

만날 때마다 즐거운 향기

가득히 토해내는 가슴마다

현란한 손짓 가동되고

긴 터널 타고 묻어나온

삶의 노고가 벗으로 인해

세월의 반쯤은 황홀히 지낼 수밖에

초년의 만남이 계속 이어져

탄수화물로 태어나

긴 밤을 까맣게 불태운다.

2월

겨울이 가는 듯하더니

미련이 아직 남았나

아예 눌러앉을 기세다

입춘이 지난 지 이틀째 되건만

하늘은 하얀 눈발을 선물하고

살포시 가랑비까지 동원해

경자년 매화는

새롭게 탄생할 남풍에서

온 봄이 더욱더 고와 보여라.

2020년 3월

실종된 봄이
연이틀 내린 봄비에
자연의 온기를 받았다

살랑거린 매화꽃 언저리에
살짝 목 내민 냉이를 선물하고
저만치 봄이 왔음을 알린다

코로나로 실종당한 봄이 서서히
겨울을 밀어내고

누군가를 기다리며
온유한 온도로 자연의 힘과 공유하고 싶다.

5월

일어나라 연신 외치는

가녀린 연초 잎새

살랑살랑 흔들거린

실바람 타고 곳곳마다

새 순 품어 기지개 펴면

싱그런 속살 살포시 내민 얼굴

장미의 눈물만 자꾸 지키고 있다.

코로나 방학

달 반이 넘는 일정
카톡이 늘고
문자가 스마트폰 가득히 노닐고

기나긴 질병의 노드길 따라
만남을 억제하고
약속을 피해가며
사회적 거리를 만들고

입가마다 큰 목련을 달았다

거리의 일상이
곧 지나갈 그날을 숨죽여 기대한다.

코로나19

못 나눴던 만남
산허리 허공을 향해 그리움 토해내지만
이내 가슴에 하얀 꽃 핀다

조마조마
문전까지 왔단다

안내문자 펼쳐 보며 많은 인원
자가격리 들어간다

요동의 물결
발길마다 도사리고
그저 소리 죽여
기도소리 높인다

그리운 세월 꼭 안고
이젠 하늘도 멈출 때가 되지 않았나.

예금통장

비는 마음 좋았을까
채워지기가 무섭게 또
한 장의 기장을 채운다

줄곧 기쁨의 여운도 잠시
마음을 애써 내려놓은 순간
또 하루가 예약되고

전지전능한 그 님의 계획이라고
낯선 고갯길 든든히 지켜준
금줄기 가득이어도 좋다

선물 가득한 날 무릉도원 돌아앉아
수고의 흔적 꽃 되어
최고의 오늘
정원의 꿈 이룬다.

두 가마

쌍가마
제비추리
모양새 각각
자신이 만들지 않았을 그곳

성질 죽일 때
모든 희로애락 갑절로 동원되고

거치른 환경의 지배로
모난 행동이 찾아오는

묘한 감정이입 모습에
선입견이 두 눈 가득 내려와

붉은 포말로 퍼올린
뒤통수의 실화

날마다 갑절로 일어날 때
죽여진 그 모습

세월 모두 꾸욱
심장 가득 묻었노라.

폰이 내 곁을 떠난 하루

은밀히 내 곁에서
나의 눈이
또 생각이
그리고 사고가 되어준

검정 커버 속 너를 잃고
하루쯤 없어도
견딜 수 있다고 말할 수 있나?

모진 바람 막아주는 황홀한 숨결
요란한 삶의 일부가 되기까지
한 역사를 보여주고 있음을

속히 변천하는 시대의 한복판
너도 함께
영원히 기억된
두려움 없는 삶의 방패.

너 그리고 나

서로 향한 마음 애틋해
속속들이 긁어주지 못해도
한 지점 한 곳에서 일하면
한 식구거늘

너와 나
서로 아끼며 다독여
하루하루 먼훗날 꿈 키우고
숨 고르는
소금과 빛 되는 삶

미래 설계하는 아름다운 그대들 만나
오랜 믿음 더 크도록 노력하여
환한 미소 일구는
한몸 되는 신한인 될 것을.

생각

토라진 봄이
시샘할까
꿈의 크기만 자꾸 늘리고

거친 바람 시켜
세월 넘나들다
이내 종적 감추었다

만발한 꽃들 뒤따라와
몇 번을 저울질하더니
밀어낼 봄만 자꾸 아쉬워해

성공 키우던 가슴 한켠
또 한 번의 한숨
생각마저 뒤척인 채

감추인 목표 노력 뒷전인
하루일과 속에
다가온 저 큰 산처럼

남은 숙제
오늘은 다 이루려나.

왜 이러나

잘 세운 계획
단 몇 분 몇 초라도 아껴야 한다고
시간의 소중함을 알면서도
하루 해야 할 일 반도 이루지 못한 채

그동안의 내공
감동의 메아리로
시선 교정해 놓은 채
접힌 어두움 반기며

오기 싫은 봄은
빠른 하루를 자꾸 재촉하며
하얀 백설을 자꾸 토해내건만

넋 잃고 앉은
낯선 그림자
이루고 싶은 꿈들
가슴 가득 품고서.

승화한 수다

가슴골 남아 있는
화蕾 하나
세상 밖 뛰쳐나와
무지개 만들고

세상사 엮어낸
얘기로 승화된
둘 셋 모이면 접시가 오르락내리락

수많은 일 과거로 수놓고
일상으로 돌아온 수다
주위를 자꾸 맴돌다
핑크빛 웃음 내놓으란다.

문 앞에 서성이는 겨울

하얀 꽃 언저리
겨울이 살포시 내려앉았습니다

자연이 준 선물
가슴속 다소곳 눌러앉아
환한 눈꽃송이 피었습니다

차가움에 입혀진 옷들이 길어져
걸음걸음이 둔하고
때론
곳곳마다 멈추어버린 생명의 허무함
슬픈 마음이 있습니다

첫눈을 만나 허물어지는 오후
바람 머문 곳 허공에 토해내는
그대를 다시 보았습니다.

떠나버린 너

실루엣도 잃은
유년의 어여쁨
카랑카랑 목소리
하늘을 울린 맑은 목소리
이내 속절없이 사라지고

살얼음판 노년
길섶에 모로 앉아
그리움만 잔뜩 키우고

즐거운 흔적 되새김질하며
저문 한 해
한 획을 최후까지 끄지 않는 등불
새롭게 긋고 있다.

현란한 움직임

현란한 불빛 속을 뛰쳐나와

한 십리쯤 지났을까

밀려온 파도 따라
바닷가에 담겨진 그림자

외로운 섬들 하나 둘
눈에서 멀어지고

스치운 바람의 속삭임이 황홀해
욕심 없는 노란 풀꽃 사이로

새로운 가을을 알린다.

-제4부-

저 너머에는

겨울 나들이

은밀한 하루
애절함, 희미한 행복
그 바닷가에 두고
잃어버린 시간

해를 묵힌
가장 소중한 심정을

진달래 대피소 향해
돌밭자락 한 발 두 발
성판악 한복판 사뿐히 거닐며

내려놓은 60줄 인생길
굽이굽이 사연 담아
날마다 되새김질로 남아

피부에 주름을 더한
그 세월도 추억으로 간직해.

무섬다리의 추억

강가 모래밭 에스자 길 위에
영주의 가을이 저만큼 와 있고
절망도 떠밀려왔다

맑은 물살 좋아 날갯짓하며 나를 흔든다

형형색색 현란한 몸짓 피어올려
오늘도
담아둔 바람이
사과 향 억지로 끌어내
헐어버린 가슴을 치료해

행복한 순간 넘치게 한다.

단우의 나팔

초점을 비켜
호올로 우뚝 서
빛의 기둥 된

마법을 부르는 꿈틀거림
나무의 내장마저 허공에
토해 낸

최후까지 등불 끄지 않고
온몸 다해 돌개바람 잡아
강물에 담은 그림자 닮은

망설이지 않는 시간 속
온유함과 순수함 가득 숨은 본심
그리운 소식 묻어
그에게 품은 할미 마음
지금도 배달 중.

문학기행을 다녀와서

손꼽아 기다린 마음일까
설레는 가슴이 한참을 감동한다
어둠이 땅끝까지 기울인
달님을 향한 환희의 계절

해질 무렵
서녘 하늘이 보고 싶어
풍경의 소리로 연주하는 겨울
올 한 해의 문운도 빌어봅니다

수많은 일들이 기억되지만
시향인의 만남이 더욱더
빛나기를 기대하면서
문운이 활짝 열리는 2022년이기를….

소백산

산천초목 소소히
거리에 몰려나온 단풍
가지의 눈물과 앉아 노닐고
백의민족 얼 가득 담아

설익은 들판
누굴 또 기다리나
반가운 인삼꽃 환하게 미소 품어

서풍 따라 빈 가슴
온몸 다해 배달 가는 중.

가화만사성

가슴에 핑크빛 장미 환하게 피어나면

화평과 기쁨이 샘물처럼 솟아나고

만물이 소생하고 길섶마다 꽃들이 만발하면

사랑이 온 가정 가득 넘쳐나고

성공과 기쁨이 눈앞에 보인다.

코스모스

기쁨과 둘이 살던 옛 정취
입술을 다문 채 찾아온 가을
한참을 음미하며 하늘을 앙모
산들바람에도 흔들리는 너

다섯 번의 변수 없는 강산을 지나
힐끗힐끗 웃는 모습
만날 때마다 황홀한 자태에 몸짓

어둠이 땅바닥까지 적시기를
울다 지친 밤
목까지 쉰 환희의 계절
넋없이 바라보다
감동 모드에 도취되고

들꽃 길을 따라 힐링하다 보면
행복 두 되는 추가다.

비밀번호

잉태된 삶 속에
알리지 못한
비밀 하나 간직하고 있다

누구에게도
꼭꼭 숨겨온
몇 겹을 열어내도 토해지지 않을 그 비밀한
가슴 한켠
찡하게 울림으로 다가와

숱한 세월을 수놓고
감당하기 어렵고 뭉클한
환호의 음성으로 온몸을 뒤흔드는

은밀하고 오묘한
오래도록 기억하고 있는 옛 번호

푸른 하늘 닮은 감동을 주는 그런 추억.

여름 뒷이야기

어느새 성큼
창문 사이 햇빛 한 조각
밀물처럼 들어와 있고

내 안에 그를 돌려보낼 여력도 없이
길섶마다 갓 피어난
설레는 심장

하늘은 높아졌고
구름은 한없이 맑아
침묵으로 낯빛을 바꿔가며

이른 아침 깨어 거리의 꽃들과
환호의 음성 멀리 보낸다

꽃잎 가득 들길까지 토닥인
막아선 긴 여름 지나
초가을 입성이 은은한 억새로 변하고

유리창 너머
환한 등불로 우뚝 서 있다.

삼천포의 밤

꽃바람 피한 한적한
바다를 세우고
하늘을 세운 사천

낭만의 세월이 잠든
숨소리마저 황홀하다

산은 생명의 소리를 일으켜
파도는 삶을 향해 몸부림치고 있다

유리창을 두드린 손님은
기다린 슬픔의 얼굴로
날 주시하고

가냘픈 가로등
붉은 불빛 밝히며
보이지 않는 별빛만
내내 쫓고 있다.

초쿄와 인연

청초한 눈망울 달고
맺어준 귀한 인연

세상에 너와 나
초쿄와 맺은 언약
잠든 모습 선한데

그렇게
선택해야 했던 네 운명
하늘 낙수 지칠 줄 모르고
차라리 찾지 말 것을.

문학의 기쁨

해마다 이맘때면
출발하는
같은 생각이 춤추고

몇 번을 만나도
새로운 문학적 삶이 되살아나고
산고의 고통을 견뎌야 다시 태어나는

국가의 귀중한 생명들이
문학관을 통해
들끓는 시심으로
내 안에 넘쳐흐른다.

60 고개

한참을 걸어올라

노을이 그리운 홍도의 아침

죽마고우 환상

기적들이 한 곳에 모여

세상을 노래하고 인생을 꿈꾸는

하늘이 내어준 기암절벽

신비로운 형상들

내 눈을 의심케 해

다정한 동창 그 모습 그대로인데

세월만 미리 와

열공의 옛 시절을 달고

흔들리는 유토피아 향해

행복의 메아리로

43 동창만 고집한다.

오후 한나절

풀빛을 잔뜩 머금은 오후

하늘이 창을 열고

최선을 다하는

보랏빛 야생화 군락

그윽한 눈빛 주고받는

햇빛도 저만치 내려와

가슴 내내 터질 듯한

어느 오후

햇빛 한 줌 훔치고 있다.

인생이모작

휘청인 오후
중년의 그림자 끌어안고
빈 의자에 홀로 앉아
인생의 계획을 세워본다

못다한 사연 가득 담아
지친 삶
일상의 무대 위에 올려놓고
삶의 하루를 기대해본다

새로운 삶
남몰래 품은
제2의 인생사
손놀림 가득 풀어내
또 다른 페이지에 적어내고 있다.

화촉

유난히 맑고 청명한
능금빛 네가 초성의 울음 터트릴 때
행복한 순간이 엊그제이건만
꽃향기 피어들고 세상 밖 나가려는
운명적 만남 조완흠과 정재원은
축복의 나래 활짝 펴들고
힘차게 새출발 내딛고자
부부로 탄생하였다

삶이란
희망만큼 아픔도 따르고
기쁨만큼 슬픔도 있으며
멍든 가슴 재우는 희생도
미소만 사랑하지 말고 눈물까지 사랑하는
그런 부부가 되어다오

지금 이 자리는
인생길의 가장 소중한 출발점이다
양가 친족과 많은 하객들 축하와 박수 속에
하나의 밀알을 심어 축복으로 뿌리내려

행복한 둥지로 새출발하여라
사랑은 가장 정직한 농사인지라
알토란 같은 튼실한 아들딸 낳아
바다가 섬을 낳아
파도와 바람에 맡겨 키우듯
보람된 알곡으로 추수케 하여라

조완흠과 정재원 둘은
양가부모 더욱 공경하고
인내하며 사랑으로
서로 보살피며
감사한 마음과 웃음 잃지 않는
슬기로운 삶으로 살았으면 해

황혼의 고갯길까지
분홍빛 사랑 곱게 피우는
지혜로운 가정이 되어다오
미래의 꿈 아름답고 소중하게 꿈꿀 수 있도록.

앞으로 꿈꾸는 나의 모습

분홍빛 아침 열면
어둠에 갇힌 마음속까지
환한 햇살 문틈까지 스며든다

색색의 꽃잎 맞아
햇빛 열어 바람 들어오는 날

긍정적 생각과 마중물의 삶
누구에게나 인정받는
빛과 소금 닮은

늦가을 국화꽃 진한 향기로 내게 찾아와
때론 적절한 지혜 발휘하는 그런 사람

지정의가 살아 있는 모나지 않는
꿈과 희망이 꿈틀거리는 칸델라 불꽃 지피는
인생연금 가득찬 종신통장 마련한 능력 있는 사람
황혼의 터에 피울 붉은 꽃씨 하나 곱게 심는다.

-제5부-

하늘의 리듬

부활의 노래

인자의 성령바람 하늘도 울고 땅도 울고
못 박혀 죽으신 예수님 삼일 만에 살아나
새 생명 되어 우리 곁에 환한 미소로 다가와

온 산천 건너 이곳까지 메아리 되어
피 흘린 그 흔적 지금도 여전한데
부활의 승전고 온 천하 기쁨 가득해

산들바람 그네삼아 살포시 내게로 와
예수님의 선한 모습 우리에게 전수되어
경배하자 천성의 나팔소리 하늘에서 들려온다

후렴
환영하세 환영하세 살아나신 예수님
찬양하세 찬양하세 부활하신 예수님

다시 오신 주님

가슴골 설레는 소망 하나 심어놓고
이 밤이 다 가기 전 새사람으로 거듭나
그리스도 닮아가는 제자의 삶
꿈꾸도다 다시 오신 주님

곳곳에 구름기둥 성령으로 나타나
내 안에 주님 음성 임재해 귓전에 맴돌아
그리스도 닮아가는 송축하는 삶
꿈꾸도다 다시 오신 주님

아침에 밝은 해가 바람 싣고 솟아올라
성탄의 기쁨이 온누리에 가득 퍼져
그리스도 닮아가는 승리의 삶
꿈꾸도다 다시 오신 주님

새해의 축복

새 희망 꿈 가득 안고 새날이 왔도다
창조주의 신비로움 별들은 더욱 빛나고
주님의 십자가 앞에 흘린 눈물 속에
승리의 나팔소리 회복됐다 들려온다

그릇된 속마음 치유하러 새날이 왔도다
긴 시간 여행에서 돌아온 참회의 시간표에
얼음궁전도 짓고 산 능선 분재도 하고
복음 전하라 소리치는 거룩한 주님 음성

새롭게 탄생할 소망 안고 새날이 왔도다
참모습 보배피로 되찾게 하려 함이니
걱정 말아요 하나님이 손잡아 해결하시니
주님 주신 초원 속 꽃밭에서 음성 들린다

후회의 환영 하늘문 열려 새날이 왔도다
붉은 태양 가득 품고 주님 상주시리
소리쳐 불러도 못내 인기척 없더니
주님 주신 안개 속에서 음성 들려온다

후렴
새날이 왔도다 새 소망 전하세
새날이 왔도다 새 희망 전하세

감사하세

1. 새 생명 복되도다 가뭄에 단비 내려
   빛과 소금 되게 하고 큰 풍랑도 이기게 한
   씨 뿌리며 곡식 거둬 빗소리도 즐거워해
   감사하고 감사하세 천지창조 감사하세

2. 햇빛처럼 포근히 날 품어주며 복주시는
   주님과 늘 동행하라 온 세상 밝히시는
   찬이슬 마다않고 진리로 새롭게 하며
   감사하고 감사하세 우리구원 감사하세

3. 산과 들도 기뻐하는 새 양식 공급하여
   성령의 바람 되어 사랑한 형제자매
   모든 질병 능력으로 고치며 도우신 주님
   감사하고 감사하세 육신평안 감사하세

은혜의 주님

작곡 박진성
작사 김꽝순

보통으로 (♩=92)

동해의 새벽

김광순 작시
조석연 작곡

추억의 오솔길

김광순 작시
조석연 작곡

언어 효용의
극대화 가능성

－김광순의 詩世界

언어 효용의 극대화 가능성
—김광순의 詩世界

김지원
시인, 전 한국크리스천문학가협회장

1.

문화란 인간의 삶에서 파생되거나 생산해내는 유형무형의 가치다.

더불어 이 가치 창출의 기저에 문학이 있으며 문학의 도구로서 언어 효용의 가치는 절대적이라 할 수 있다. 언어가 단순한 소통과 기록 그리고 정보 전달자로서 기능이 한정되는 것은 아니며 최고의 선을 추구하는 언어예술의 도구로서 인간 문화의 포괄적 역할까지를 포함한다고 할 수 있을 것이다.

물론 이러한 일들은 단순히 인간에게만 있는 것은 아니다. 생물이나 동물 또는 작은 곤충의 세계에서도 정도의 차이는 있지만 존재한다는 사실은 흥미로운 일이다. 예를 들어 벌들이 의사 전달 수단으로서 화학 물질인 페르몬을 분비하여 소통한

다든지 다양한 춤이나 날갯짓으로 자기의 생각을 표출하는 것도 동일하다고 보는 것이다. 그리고 더 나아가 그 밖의 생명체들도 날개를 비벼 소리를 전달하거나, 구애를 하거나, 발성기관을 통해 자기를 표현하는 것을 볼 수 있다. 그러나 결론적으로 말한다면, 본능적인 것 몇 가지 외에는 제한된 기능을 가지고 있음은 명백하다.

더더구나 문자를 통한 소통 방식은 다른 여타의 생명체와는 차별화된 인간만의 영역이라 할 수 있을 것이다.

2.

시가 다른 문학 장르와 구별되는 것은 언어 효능에 있다. 여기에는 최소한의 언어로써 최대의 효과를 노리는 언어 변용에 있음은 두말할 나위가 없다. 이런 의미로 시란 "촌철살인"이라 할 수 있으니 이는 시의 정체성을 나타내는 부분이기도 하다. 이는 "짧은 칼로도 사람을 죽일 수 있다"는 말인데 사실은 "짧은 문장으로도 능히 사람을 감동시킬 수 있다"는 의미로 사용되는 말이기도 하다. 물론 산문시나 극시 또는 장편 연작시의 형태를 띠는 것도 있지만 그럼에도 불구하고 현대시의 전형처럼 되어 있는 전통적 서정시의 형태는 촌철살

인이다.

이는 동서양이 공히 동일한 개념이니 우리의 전통시인 시조문학이든지 일본의 하이쿠도 그렇거니와 서양의 소네트도 예외는 아니다.

김광순의 작품 중 다음의 시를 보자.

현란한 불빛 속을 뛰쳐나와

한 십리쯤 지났을까

밀려온 파도 따라
바닷가에 담겨진 그림자

외로운 섬들 하나 둘
눈에서 멀어지고

스치운 바람의 속삭임이 황홀해
욕심 없는 노란 풀꽃 사이로

새로운 가을을 알린다.
　　　　　　　　　　―〈현란한 움직임〉 전문

매우 단정한 시인데 제목 자체가 특별하다. 시의 제목이라기보다 시의 한 부분을 떼어 온 듯한 느

낌을 받고 있기 때문이다. '움직임'이라는 명사를 '현란한'이라는 형용사가 수식하는 모양을 가지고 있는데 자세히 보면 여기에 김광순이 가지고 있는 시의 특징이 숨어 있는 부분이라고 느껴지기도 한다. 불과 8행의 시를 6연으로 갈라놓은 것도 의미 확대를 위한 다분히 인위적인 것임을 알 수 있고 의도적인 구도는 의미 전달을 강하게 표출하는 방편으로 보이며 그리고 더 나아가 행간의 침묵으로 언어의 효용을 극대화시킨다는 사실을 보여준다 하겠다.

물론 이런 부분들은 다른 작품에서도 동일하게 발견된다.

인생길이 더디고 험난해도
허공에 토해낸 늘어진 수양버들
만나면 마냥 기뻐라

그림자 남몰래 바라보며
꿈틀거린 계절
움트인 꽃망울 너울너울 춤출 때

채워진 가지마다 부여잡고
여기 호올로
푸른 잎 가득한 안양천 앉아 있노라면

바람소리 연주에 취해

초점 잃은

징검다리 저 너머 길섶엔

이름 모를 노란 꽃 고개 내밀어 유혹한다.

　　　　　　　　　　　—〈사노라면〉 전문

평범한 작품으로 보이지만 중간 중간에 감각적인 진술로 자신의 감성을 표출시키고 있다. 구체적으로 1연의 -허공에 토해낸 늘어진 수양버들/만나면 마냥 기뻐라/든지 2연의 -그림자 남몰래 바라보며/꿈틀거린 계절/움트인 꽃망울 너울너울 춤출 때/라든지에서 보여준 것들이 그것이다.

그뿐 아니라 1부에 수록된 〈책임져야 하는 하루〉 3번째 연 /희미한 양심 하나/아픈 소식 불러와/추억을 소환한다 -중략 /내 마음 보석 되어/실바람에도 흔들리는 초록 물결//설렘과 목마름 퍼즐 되어/목조차 쉬어버린 저녁// 등 작품 전편에서 그만의 발성법으로 내는 소리를 듣게 된다.

3.

김광순이 작품에서 즐겨 사용하는 부분은 3인칭이다.

'그, 그대, 그리고 그대들'로 대변되는 부분들인

데 각기 다른 대상에 대한 모습으로 나타나고 있다. 그리고 그것들은 때로는 얼른 눈치챌 수 없는 비대상으로 환치되고 있기도 하다.

단 한 번도
너를 가슴속에 담아본 적 없다

스스로 달려와 굳게 자리 잡은 너

긴 울림으로 가을 문턱을 맴돌며

몸짓 하나로
지금이라도
그대와 살포시 속삭이고 싶다
　　　　－〈그대를 만났다〉 전문

여기서 말하는 그대는 누구인가. 한 번도 자신이 스스로 가슴에 담아본 적이 없지만 스스로 달려와 굳게 자리 잡은 실체에 대해 궁금증을 느낄 것이다. 긴 울림으로 가을 문턱을 맴도는 그대를 알기 위해 독자들은 상상력을 동원할 것이다. 그러나 엄밀히 말하면 그 대상은 없다. 읽는 사람이 유추할 수 있는 실체가 바로 대상이 되기 때문이다. 다시 말하면 '이것은 무엇이다'라고 특정하는 권한은 순전히 독자의 몫으로 남기 때문이다.

그러나 다음의 경우는 좀 다르게 읽힌다.

〈예금통장〉에서 말하는 '그 님의'의 의미는 그가 신앙하는 절대자를 말하는 것이고 〈너 그리고 나〉에서 말하는 '그대들'은 함께 몸담고 일하는 직장 동료다. 그러나 다음 시는 '그대를 만났다'와 유사한 성격을 가지고 있는 시다. 그러나 아래 시편에서 말하는 '그대'는 좀 다른 차원의 3인칭으로 보인다.

하얀 꽃 언저리
겨울이 살포시 내려앉았습니다

자연이 준 선물
가슴속 다소곳 눌러앉아
환한 눈꽃송이 피었습니다

차가움에 입혀진 옷들이 길어져
걸음걸음이 둔하고
때론
곳곳마다 멈추어버린 생명의 허무함
슬픈 마음이 있습니다

첫눈을 만나 허물어지는 오후

바람 머문 곳 허공에 토해내는
그대를 다시 보았습니다.
　　　―〈문 앞에 서성이는 겨울〉 전문

　이 시에서의 그대는 단순한 연모의 대상이 아니
라 지나가버린 시간에 대한 아쉬움과 맞물린 삶의
회한이나 외로움이다. 즉, 〈생각〉이란 작품과 같
은 분위기지만 아쉬운 시간의 흐름을 인식하며 쓴
차별성으로 볼 수 있다.

토라진 봄이
시샘할까
꿈의 크기만 자꾸 늘리고

거친 바람 시켜
세월 넘나들다
이내 종적 감추었다

만발한 꽃들 뒤따라와
몇 번을 저울질하더니
밀어낼 봄만 자꾸 아쉬워해
-후략
　　　―〈생각〉 전반부

4.

그의 시의 기저는 신앙이다.

그런 이유로 그의 생활의 반경이라든지 중심축은 항상 일정하다. 보이지 않는 범주 안에서 사유하고, 사고한다. 그러나 시간이 지나면 다시 회귀한 듯하다. 따라서 그의 창작은 일탈과 회복의 과정에서 건져올린 그 무엇이라 생각된다. 따라서 그의 상상의 세계는 다소 제한적일 수도 있지만 그러나 그가 가진 시적 관심은 다양하고 감각적이다. 이는 태생적 그의 진술 능력에서 기인한다고 보여지는 부분이다.

마지막으로 보다 단정하고 간결한 그의 경향을 보여주는 작품 한 편을 소개함으로 해설을 마친다.

풀빛을 잔뜩 머금은 오후

하늘이 창을 열고

최선을 다하는

보랏빛 야생화 군락

그윽한 눈빛 주고받는

햇빛도 저만치 내려와

가슴 내내 터질 듯한

어느 오후

햇빛 한 줌 훔치고 있다.

  　　　　　　　　ㅡ〈오후 한나절〉 전문

김광순 제5시집
사랑 하나 머금고 산다

초판 1쇄 발행   2022년 9월 27일

지은이 | 김광순
만든이 | 이한나
펴낸이 | 이영규
펴낸곳 | 도서출판 그린아이

등록 연월일 | 2003. 12. 02.
등록 번호 | 제2-3893호
주소 | 서울특별시 은평구 녹번로 6-11, 201호
전화 | 02)355-3035
이메일 | gmh2269@hanmail.net

ISBN 979-11-91376-10-4(03810)

*이 시집은 2022년 한국예술인문화재단 창작지원금을 지원받아 제작되었습니다.